Analyse de l'œuvre

Par Léa Coscioli et Margot Pépin

Enfance

de Nathalie Sarraute

lePetitLittéraire.fr

Rendez-vous sur lepetitlitteraire.fr et découvrez :

Plus de 1200 analyses
Claires et synthétiques
Téléchargeables en 30 secondes
À imprimer chez soi

NATHALIE SARRAUTE 1

ENFANCE 2

RÉSUMÉ 3

Une autobiographie à deux voix
Séjours en Suisse et en Russie
La vie à Paris, avec sa mère et Kolia
Déménagement à Saint-Pétersbourg
Retour à Paris, chez son père et Véra
Retrouvailles avec sa mère
Fin de l'enfance

ÉTUDE DES PERSONNAGES 10

Natacha
La mère
Le père
Véra

CLÉS DE LECTURE 16

Un roman autobiographique
La situation d'énonciation
Renouvèlement
du genre autobiographique
Les tropismes
La genèse d'une écrivaine

PISTES DE RÉFLEXION 29

NATHALIE SARRAUTE

ROMANCIÈRE, ESSAYISTE ET DRAMATURGE FRANÇAISE

- **Née en 1900 à Ivanovo (Russie)**
- **Décédée en 1999 à Paris**
- **Quelques-unes de ses œuvres** :
  - *Portrait d'un inconnu* (1948), roman
  - *L'Ère du soupçon* (1956), essai
  - *Les Fruits d'or* (1963), roman

Nathalie Tcherniak nait en Russie, dans une famille juive bourgeoise. Elle a 2 ans lorsque ses parents divorcent. Son enfance est marquée par l'écartèlement entre les cultures russe et française. En 1925, elle épouse Raymond Sarraute et devient juriste.

En 1939 parait *Tropismes*, son premier ouvrage. L'œuvre sarrautienne est multiple, se composant de romans (*Portrait d'un inconnu* ; *Le Planétarium*, 1959), d'œuvres théâtrales (*Isma*, 1970 ; *Le Silence*, 1964) et d'essais littéraires (*L'Ère du soupçon*).

Nathalie Sarraute remporte le prix international de littérature en 1964 avec *Les Fruits d'or*. Elle mène une profonde réflexion sur la littérature et la création. Refusant la narration et la psychologie, elle est considérée comme la pionnière du nouveau roman (groupe d'écrivains actif dans les années cinquante/soixante qui remet en question le récit traditionnel).

ENFANCE

UNE AUTOBIOGRAPHIE DU NOUVEAU ROMAN

- **Genre :** roman
- **Édition de référence :** *Enfance*, Paris, Gallimard, coll. « Folio », 2002, 286 p.
- **1ʳᵉ édition :** 1983
- **Thématiques :** enfance, souvenirs, scolarité, famille, autobiographie

Avec *Enfance*, Nathalie Sarraute renouvèle le genre de l'autobiographie. Au fil de 70 séquences, l'auteure évoque des moments de son enfance jusqu'à son entrée au lycée (qui se faisait, dans les années soixante, à 12 ans). Elle cherche à retrouver les tropismes de l'enfance, ces mouvements de vie souterrains situés en deçà de la conscience. C'est au travers d'une forme originale, un dialogue entre la narratrice et son double intérieur, qu'émergent peu à peu des sensations restées enfouies dans l'enfance, mais qui reprennent vie sous la plume de l'auteure.

RÉSUMÉ

UNE AUTOBIOGRAPHIE À DEUX VOIX

Le roman commence par un dialogue entre la narratrice et son double, qui exposent le projet du livre et cherchent à en dégager les enjeux : il s'agit d'« évoquer [l]es souvenirs d'enfance » de l'auteure (p. 7) qui, à 83 ans, sent que ses « forces déclinent » (*ibid.*) et ressent le besoin de faire « surgir » (p. 10) ses souvenirs « avant qu'ils disparaissent » (p. 9). Dans la suite du récit, Nathalie raconte ses souvenirs, secondée par ce double qui intervient ponctuellement pour interroger sa sincérité ou demander certains détails.

SÉJOURS EN SUISSE ET EN RUSSIE

Natacha (Nathalie en russe) repense aux vacances qu'elle a passées avec son père en Suisse, alors qu'elle n'avait que 5 ou 6 ans. Durant ce séjour, elle est séparée de sa mère à laquelle elle voue une admiration et une fidélité indéfectibles.

Ensuite, c'est l'été passé chez son oncle maternel en Russie qui surgit dans sa mémoire. Elle en garde de beaux souvenirs, notamment des jeux et des courses avec sa tante qui lui offre un flacon de parfum vide dont la jeune fille fait la collection. Là-bas, elle tombe malade. Sa mère la veille et lui lit des histoires, mais Natacha comprend que cela l'ennuie lorsqu'elle l'entend se plaindre : « Quand je pense que je suis restée enfermée ici avec Natacha pendant tout ce temps sans que personne ne songe à me remplacer auprès d'elle. » (p. 40)

La narratrice évoque également sa maison natale à Ivanovo (en Russie). Ce souvenir est néanmoins entaché par l'absence de sa mère. Elle raconte avec tendresse ses apprentissages avec son père, suivis d'une trahison : il lui donne du calomel (utilisé à l'époque comme purgatif) dissimulé dans de la confiture. Elle évoque enfin les images d'un livre effrayant, d'une poupée, de la fabrique et des berceuses de son père, ainsi que d'un Noël à Moscou, puis le souvenir de son unique séjour chez ses grands-parents paternels, dont elle ne garde en mémoire que la violente colère de son père à leur égard dès leur arrivée.

LA VIE À PARIS, AVEC SA MÈRE ET KOLIA

Natacha passe quelques mois à Paris. Entourée de sa mère et son mari Kolia, elle se rappelle les après-midis au jardin du Luxembourg. Elle évoque aussi différents épisodes où sa mère, figure toute puissante qui la « charmait » (p. 27) ne s'est pas « mise à sa place » (*ibid.*) : lors d'une promenade, cette dernière, qui ne mesure pas la portée de ses paroles sur l'enfant ni la violence de son acte, lui affirme qu'elle mourra si elle touche un poteau électrique. L'enfant, terrifiée, va céder à la tentation et toucher le poteau : « Je sanglote, je hurle, je suis morte. » (p. 28)

Une autre fois, sa mère lui annonce que sa grand-mère va venir la voir. Natacha attend cette visite avec une joyeuse impatience. Pourtant, lorsque la porte de sa chambre s'ouvre enfin, ce n'est pas sa grand-mère qui entre, mais « un homme et une femme vêtus de blouses blanches » (p. 26) qui l'attrapent, l'anesthésient et l'opèrent, sans doute des végétations. L'auteure garde de cet épisode un souvenir douloureux, celui de « la violence de la terreur, de l'horreur » (p. 25).

Son père lui rend visite régulièrement et en profite pour l'emmener au jardin du Luxembourg. Un jour, il la reçoit accompagné d'une jeune femme, Véra. Celle-ci, belle et joyeuse, danse avec Natacha.

DÉMÉNAGEMENT À SAINT-PÉTERSBOURG

Natacha songe ensuite à sa vie à Saint-Pétersbourg (Russie) où elle a habité avec sa mère et Kolia. Elle se promène et joue aux cartes avec la bonne, Gacha. Rapidement, l'enfant se sent de trop face au couple formé par sa mère et son compagnon.

À cette époque, Natacha commence à écrire et montre son premier roman à un ami de sa mère, « un oncle », comme les enfants nomment les adultes en russe. Celui-ci émet un jugement catégorique et sévère : « Avant de se mettre à écrire un roman, il faut connaître l'orthographe. » (p. 85) Après cela, Natacha n'a « plus écrit une ligne » (*ibid.*).

La nuit, un tableau accroché au mur de sa chambre l'effraie. Un adulte vient alors le recouvrir, ce qui la calme. Elle se souvient d'une poupée de coiffeur et de son angoisse de la trouver « plus belle » que sa mère (p. 92). Elle est torturée par de mauvaises pensées concernant cette dernière. Cela s'aggrave quand Gacha se plaint de la mesquinerie de sa mère, qui choisit pour les domestiques les morceaux de viande les moins bons.

RETOUR À PARIS, CHEZ SON PÈRE ET VÉRA

Natacha confie à son ours, Michka, que sa mère lui a annoncé qu'elle allait bientôt partir chez son père, lequel a refait sa vie à Paris. Là-bas, il y a une « autre maman » (p. 104).

En février, sa mère la conduit à Berlin (Allemagne). La jeune fille est triste. Une fois arrivées, sa mère la confie à un « oncle » chargé de la conduire chez son père à Paris. Les adieux sont déchirants. Elle refuse de croire que sa mère a décidé de la laisser à son père pour une longue période. Son double lui rappelle : « Tu savais que la séparation serait plus longue que d'ordinaire [...] plus de deux mois, jusqu'à la fin de l'été. » (p. 108)

Lorsque Natacha arrive à Paris, Véra, la nouvelle épouse de son père, qui lui avait pourtant laissé un souvenir chaleureux, l'accueille froidement. La narratrice en garde des souvenirs tristes : le lieu est terne et sa mère lui manque. Natacha écrit à cette dernière qu'elle est malheureuse. Toutefois, la fillette essaie de se consoler parce que ce séjour lui permet de se rapprocher de son père.

Quelques mois plus tard, Véra donne naissance à une petite fille, Hélène, surnommée Lili. Depuis son arrivée, Natacha n'est pas retournée chez sa mère, qui lui écrit régulièrement des cartes et des lettres, sans jamais évoquer son retour. Dans le même temps, les relations de Natacha avec sa belle-mère ne s'arrangent guère : Véra lui fait comprendre qu'elle n'est pas chez elle. L'été suivant, la bonne de Lili, Adèle, lui reproche d'être mal éduquée, évoquant l'éducation que lui a donnée sa mère avec un certain mépris : l'enfant discute

alors avec son double de ces « signes mauvais » (p. 160)
qu'elle semble porter en elle.

Lors de son entrée à l'école communale, Natacha se pas-
sionne pour les cours et se montre avide d'apprendre. Au
même moment, sa mère propose de la reprendre, mais la
fillette décide de rester avec son père. Peu après, Véra lui
assène en russe qu'« on [l]'a abandonnée. » (p. 182) Dès
lors, l'enfant comprend un peu mieux une situation qui lui
échappe : « On ne veut pas de moi là-bas, on me rejette, ce
n'est donc pas ma faute, ce n'est pas de moi qu'est venue la
décision », explique alors Natacha (p. 184).

L'enfant évoque les soirées avec des amis russes de son père.
Elle les admire. Elle se souvient aussi de l'intelligence paternelle et des jugements de Véra. Un soir, Natacha surprend
cette dernière en train de pleurer. S'ensuit un instant de
complicité silencieuse entre l'enfant et sa belle-mère, dont
elles ne parleront jamais. Natacha, qui ne connait pas la rai-
son de ces pleurs, entrevoit néanmoins pour la première fois
les faiblesses et les souffrances de cette femme si « dure »
(p. 204).

Natacha se souvient précisément d'un devoir de français
qu'elle a rédigé, dont elle est très fière et qu'elle fait lire
à son père. Elle doit raconter son « premier chagrin ».
Enthousiasmée par ce travail d'écriture comme elle ne le
sera « jamais [plus] au cours de [s]a vie » (p. 213), elle choisit
de parler de la mort de son petit chien, mais sans se dévoi-
ler : « Je me tiens dans l'ombre, hors d'atteinte, je ne livre
rien de ce qui n'est qu'à moi. » (p. 208)

Désormais, elle désire être institutrice. Elle veut appeler Véra « maman-Véra » (p. 219). Elle s'en ouvre par lettre à sa mère qui s'en offusque dans une réponse qui provoque chez Natacha tristesse et sentiment de culpabilité. Pendant l'été, la fillette tombe gravement malade. Son père, très inquiet, l'amène à l'hôpital et la veille. Elle est sauvée par « le professeur Lesage » auquel le père voue une reconnaissance éternelle (p. 225). L'auteure note que Véra ne s'est jamais occupée d'elle durant sa maladie.

Babouchka, la mère de Véra, passe un an chez eux. Figure de grand-mère bienveillante, celle-ci est très complice avec Natacha. Elle l'aide à faire ses devoirs, joue beaucoup avec elle et toutes deux rient à gorge déployée en lisant des pièces de Molière (auteur dramatique français, 1622-1673). L'enfant l'adore et est chagrinée lors de son départ.

RETROUVAILLES AVEC SA MÈRE

La mère de Natacha vient ensuite passer le mois d'aout à Paris. La fillette a 11 ans ; elle en avait 8 la dernière fois qu'elle a vu sa mère. Ces retrouvailles sont l'occasion pour elles de se rendre compte qu'elles sont devenues étrangères l'une à l'autre, ne sachant « pas très bien quoi [se] dire » (p. 252). Natacha a le sentiment d'une certaine « indifférence [de sa mère] à [s]on égard » (p. 255). D'ailleurs, cette dernière ne s'éternise pas et repart après seulement trois jours, vexée que sa fille s'absente une journée pour sortir avec Véra et des camarades. Elle envoie par la suite une lettre acerbe au père de Natacha, l'accusant d'avoir fait de leur enfant « un monstre d'égoïsme » (p. 258).

Elle revient « trois ans après, en juillet 1914 » (p. 259). Elle et sa fille passent un mois heureux ensemble. Lorsque la guerre éclate au mois d'aout, elle repart en urgence. Natacha est « déchirée » (p. 260) par son départ. Sa désolation est renforcée par la « joie » (*ibid.*) de sa mère qui se réjouit à l'idée de rentrer chez elle.

FIN DE L'ENFANCE

Le roman s'achève alors que Natacha s'apprête à entrer dans « "une nouvelle vie" au lycée Fénelon » (p. 276). Le jour de la rentrée, Véra l'escorte jusqu'au tramway, lui demande de « faire bien attention » (*ibid.*) et la recommande aux bons soins du chauffeur. L'auteure explique à son double qu'elle clôt ici le récit, car « il [lui] semble que là s'arrête pour [elle] l'enfance » (p. 277).

ÉTUDE DES PERSONNAGES

NATACHA

Natacha est le personnage principal du roman. L'auteure la fait resurgir du passé et raconte ses propres souvenirs de son point de vue d'enfant. Elle est donc représentée par trois instances qui coexistent dans son personnage : la figure de l'auteure, devenue adulte, celle du double de l'auteure, et bien sûr celle de l'enfant qu'elle a été, dont les souvenirs et le point de vue façonnent le récit.

Bien qu'elle soit une enfant « jolie à croquer », dès ses 11 ans, « personne ne le dit plus » (p. 251). Elle est sage et raisonnable, malgré l'évocation de quelques transgressions enfantines, comme lorsqu'elle cède à la tentation de voler un sachet de dragées à la confiserie. Si elle aime rire et jouer avec ses amis, elle apparait souvent comme une fillette solitaire, se sentant à l'écart des autres enfants (« Il n'y a plus en moi comme avant, comme en tous les autres, les vrais enfants, ces eaux vives, rapides, limpides », p. 98). Elle développe une intériorité très riche qui compense sa solitude.

En réalité, Natacha est tourmentée, soumise à un sentiment d'angoisse, mais aussi de culpabilité vis-à-vis de ses parents qu'elle semble avoir réussi à combattre à la fin du roman. Vers 5-6 ans, elle entend d'ailleurs à son propos : « C'est un enfant fou, un enfant maniaque... » (p. 14) Ensuite, lorsqu'elle atteint ses 7-8 ans, des idées obsessionnelles commencent à la faire souffrir : « Les idées arrivent n'importe quand, piquent [...] et le dard minuscule s'enfonce, j'ai mal. » (p. 99) Natacha est en outre déchirée par le divorce de ses parents. Elle vit entre deux cultures (France et Russie) ainsi qu'entre deux langues, et souffre de l'absence de lieu de vie fixe : aussi a-t-elle du mal à trouver sa place.

Enfance livre le parcours d'une lucidité qu'elle acquiert progressivement quant au rapport avec sa mère. La fillette l'aime d'abord passionnément et écoute religieusement ses paroles. Natacha souffre ensuite de son abandon et de son indifférence. Elle ne comprend pas vraiment la situation, notamment parce que leur séparation s'est faite tacitement. Longtemps, elle est déstabilisée par le contraste entre les mots d'amour contenus dans les lettres de sa mère et l'absence de cette dernière, qui ne semble pas vouloir véritablement renouer avec elle. À l'absence maternelle vient alors s'opposer la présence essentielle du père (« Mon père seul reste présent partout », p. 45), avec lequel la fillette noue un lien très fort.

Sa relation avec son père est néanmoins contrastée. Elle cherche toute son enfance à retrouver des traces du père tendre qui la surnommait autrefois affectueusement Tachok ou Tachotek, diminutifs de Natacha. Lorsqu'elle rentre à Paris pour vivre avec lui, elle souffre de sa réserve et de sa froideur, liées peut-être à sa relation compliquée avec Véra. Mais la jeune fille apprend à déceler son affection profonde et à savourer les moments privilégiés qu'ils continuent à partager.

Sa relation avec Véra semble en outre se normaliser avec le temps : à la fin du récit, c'est cette dernière, pour sa rentrée au lycée, qui la conduit au bus, lui recommandant « de faire

bien attention » et demandant au chauffeur d'être « gentil »
(p. 276).

Lectrice passionnée, ardente amoureuse des mots et du
savoir, Natacha est une très bonne élève qui s'investit
totalement dans sa scolarité. Elle trouve dans cet univers
un cadre rassurant ainsi qu'une certaine reconnaissance.
L'importance de l'école pour Natacha est illustrée par la fin
du roman : c'est son passage au lycée, étape importante de
sa vie, qui clôt le récit et marque la fin de son enfance.

LA MÈRE

La mère de Natacha est une femme que la fillette « trouv[e]
délicieuse à regarder » (p. 93). Elle a les « traits fins [...], la
peau dorée [...] les yeux de la même couleur mordorée que
ses cheveux lisses, [...] le sourcil gauche [...] plus haut que
l'autre, [...] ressembl[ant] à un accent circonflexe » (p. 93-
94). L'auteure note que son regard, parfois « fermé et dur
[...] et parfois vif » était « souvent comme absent » (p. 94).
Divorcée très tôt du père de Natacha, elle s'est remariée
avec Kolia, un intellectuel russe. Elle est cultivée, férue de
littérature et écrit pour des revues.

Omniprésente au début du roman, elle a sur sa fille une
très grande influence : « Jamais aucune parole [...] n'a eu
en tombant en moi la force de percussion de certaines des
siennes », écrit l'auteure (p. 27). Souvent « agacée » (p. 29)
par Natacha, elle fait preuve d'une « désinvolture, [d'une]
indifférence » (p. 27) et d'une certaine distance vis-à-vis de
sa fille qui se sent comme « un corps étranger » (p. 75) au
milieu du couple fusionnel qu'elle forme avec Kolia.

À partir de l'été où elle confie Natacha à son père pour une durée indéfinie (sa fille a alors 8 ans), elle devient dans le roman une figure de l'absence. Ses lettres deviennent le seul lien qui les unisse et quand, trois ans plus tard, elle revient voir sa fille, elle se montre dure, méprisante et égoïste. Les deux personnages se voient à nouveau trois ans plus tard : si la mère se montre joyeuse et aimable, elle reste un personnage insaisissable et lointain pour sa fille qui la voit heureuse et impatiente de retourner à sa vie en Russie.

LE PÈRE

Le père de Natacha a une « silhouette droite et mince » (p. 43) et des « joues maigres, un peu rugueuses » (p. 44). Chimiste de formation, c'est un homme cultivé et « intelligent » (p. 194). C'est une figure charismatique (Véra « le redoute un peu », p. 205), notamment en société où il est plus expansif que dans le cadre familial. Impliqué dans la révolution russe (qui abattit le régime tsariste en 1917), fortement politisé, il reçoit de nombreux amis révolutionnaires dont il admire le courage.

À la maison, il apparait fermé et pudique, exprimant peu ses sentiments. Marié à Véra, il compose avec le caractère instable et les colères de la jeune femme.

Natacha et lui entretiennent une relation forte, en dehors des mots (« un lien invisible que rien n'a pu détruire nous a attachés l'un à l'autre », p. 116). Il s'occupe beaucoup de la fillette et assure son éducation, ménageant des instants privilégiés avec elle en dehors de la présence de Véra. Il est pour Natacha une figure de stabilité et d'amour.

VÉRA

Véra est la seconde épouse du père de Natacha. La narratrice en fait un portrait ambigu et contrasté. Lorsque l'enfant la rencontre pour la première fois, elle est joyeuse, riante et « drôle » (p. 64), « les joues rondes et roses, [...] svelte et agile » (p. 112) ; déguisée avec les vêtements du père de Natacha, elle fait danser la fillette dans un appartement parisien.

Pourtant, quand Natacha emménage à Paris avec elle et son père, c'est un tout autre personnage qui se présente à elle : distante et froide, elle a dans le regard « comme une petite flamme inquiétante » (p. 112). Par la suite, elle n'exprimera son affection à Natacha qu'en de très rares occasions et lui donnera souvent l'impression de la rejeter : « Ce n'est pas ta maison » (p. 130), assène-t-elle à la fillette qui lui a demandé quand elles allaient rentrer « à la maison » (*ibid.*).

Jalouse du lien unissant Natacha et son père, elle a l'habitude de faire de sa belle-fille l'enjeu de ses disputes avec son mari : « Elle se vengeait souvent en cessant [...] complètement de s'occuper de moi. » (p. 224)

La santé de la jeune femme est fragile, surtout après la naissance de sa fille, Lili : elle est « très maigre [et] toute pâle » (p. 148). Cette dernière, capricieuse et turbulente, accapare sa mère qui s'occupe d'elle avec dévotion.

Si Véra est souvent présentée comme un personnage de « méchante marâtre » (p. 130), elle semble par ailleurs porter une blessure secrète, une fragilité psychique (que

Natacha, de son point de vue d'enfant, n'est pas en mesure
de comprendre) qui tempère sa dureté et son apparente
insensibilité.

CLÉS DE LECTURE

UN ROMAN AUTOBIOGRAPHIQUE

Un roman autobiographique est un récit dans lequel le narrateur se confond avec l'auteur, mais aussi avec le personnage principal, et raconte ses souvenirs ou l'histoire de sa vie. Philippe Lejeune, théoricien du genre, le définit comme un « récit rétrospectif en prose qu'une personne réelle fait de sa propre existence lorsqu'elle met l'accent sur sa vie individuelle, en particulier sur l'histoire de sa personnalité » (LEJEUNE P., *Le Pacte autobiographique*, Paris, Le Seuil, 1975, p. 14). Le texte est alors écrit à la première personne et du point de vue interne (ce qui laisse une grande place à la subjectivité), puisque c'est le personnage qui raconte ce qu'il a vécu. Le genre autobiographique implique un pacte de lecture très fort entre le lecteur et l'auteur-narrateur, qui s'engage à faire un récit sincère.

Dans *Enfance*, l'auteure-narratrice revient sur ses souvenirs d'enfance, comme le préfigure le titre du roman. Elle fait donc bien le « retour sur l'histoire de sa personnalité » évoqué par Lejeune, et fait resurgir des scènes de sa vie passée, telles qu'elles ont été vécues par Natacha, l'enfant qu'elle était. L'auteure, répondant au pacte de lecture propre à l'écriture autobiographique, raconte des épisodes de son enfance avec sincérité, s'attachant à rendre compte fidèlement de ses souvenirs. *Enfance* constitue donc bel et bien une autobiographie.

LA SITUATION D'ÉNONCIATION

L'émetteur

Le roman autobiographique repose sur une « identité de l'auteur, du narrateur et du personnage » (*ibid.*, p. 15). Dans *Enfance*, ces trois instances sont bien incarnées par une seule et même personne : Nathalie Sarraute. Le discours est donc émis par Nathalie Sarraute, auteure-narratrice, qui met en scène son propre personnage, Natacha, et s'exprime à la première personne du singulier.

L'originalité de la situation d'énonciation du roman réside dans le double d'elle-même que l'auteure a créé. Cette figure intervient régulièrement dans la narration, créant des situations de dialogue introspectif entre elle et la narratrice. Ainsi, Nathalie Sarraute auteure-narratrice se dédouble encore et s'incarne dans une quatrième figure, celle de son double, venant enrichir et complexifier la situation d'énonciation.

Le destinataire

Le roman s'adresse à un lecteur, bien sûr, auquel l'auteure se livre et raconte son histoire. Mais à travers l'écriture autobiographique, c'est aussi à elle-même que l'auteure veut parler. La figure du double, qui instaure un dialogue intérieur que la narratrice dispute avec elle-même, reflète bien cette idée. Nathalie Sarraute se livre à un travail d'introspection et interroge l'enfant qu'elle était, mais aussi l'adulte qu'elle est devenue, pour mieux se connaitre et faire revivre ses souvenirs.

La temporalité

Un récit autobiographique comprend deux temporalités : le temps ancré dans la situation d'énonciation (le temps de l'écriture, présent : « une sensation [...] qu'encore maintenant, après tant de temps écoulé, [...] j'éprouve », p. 66-67) et le temps coupé de la situation d'énonciation (celui des souvenirs racontés, passés). Ainsi l'auteure-narratrice, adulte, se distingue du personnage d'enfant qu'elle était. Elle a davantage de recul sur la situation, parce qu'elle a évolué, mais aussi parce qu'elle connait l'avenir de l'enfant auquel elle donne la parole. Dans *Enfance*, le temps de l'écriture est interprété à la fois par l'auteure et par son double, qui a lui aussi un point de vue d'adulte.

Le pacte de lecture

Natalie Sarraute s'efforce de restituer ses souvenirs avec fidélité. Ainsi, si certains détails échappent à sa mémoire, n'hésite-t-elle pas à le signaler au lecteur : « je ne sais plus comment je l'ai rejoint » (p. 57) ; « j'ai oublié mes adieux probablement déchirants avec Gacha » (p. 105), montrant sa volonté de faire un récit sincère. Elle tient surtout à respecter son point de vue d'enfant et à retranscrire ses sensations et sentiments de petite fille.

Ce pacte de lecture est renforcé par la présence du double de la narratrice, qui veille à ce que le roman soit fidèle à ce qu'a vécu et ressenti l'enfant et n'hésite pas à corriger le récit. Il a la fonction de gage de sincérité et de contrôle sur la narration. De cette façon, lorsque l'auteure commet l'erreur d'ajouter son point de vue au récit d'un épisode, son double la corrige : « Il n'est pas possible que tu l'aies perçu ainsi sur le moment... » (p. 86)

Mais le double de Natalie Sarraute est également là pour l'aider à accomplir sa confession. Il questionne l'histoire, demande des précisions et encourage l'auteure à aller plus loin dans son analyse et son récit : « Crois-tu vraiment ? » (p. 74) ; « essaie de te rappeler » (p. 61).

Parfois même il pousse l'auteure aux aveux et prononce les paroles que cette dernière n'ose pas formuler. Ainsi, alors que son double affirme que Natacha s'est sentie comme « un corps étranger » (p. 76) avec sa mère et Kolia, la narratrice nie-t-elle (« Non, cela je ne l'ai pas pensé. [...] Non, tu vas trop loin », *ibid.*), avant de finalement laisser le dernier mot du chapitre à son double : « Si, je reste tout près, tu le sais bien. » (*ibid.*)

RENOUVÈLEMENT DU GENRE AUTOBIOGRAPHIQUE

Nathalie Sarraute appartient au nouveau roman, un mouvement littéraire constitué d'un groupe d'écrivains qui, dans les années cinquante/soixante, met à mal le roman traditionnel. Il s'agit, pour les nouveaux romanciers, de rompre avec les techniques narratives du XIXe siècle parce que, selon eux, à la suite des évènements majeurs qui ont marqué le XXe siècle (les deux guerres mondiales notamment), le lecteur a perdu toute naïveté à l'égard du roman : il est entré dans « l'ère du soupçon » comme l'explique Nathalie Sarraute dans un essai théorique (*L'Ère du soupçon*, Paris,

Gallimard, 1956, p. 75). Ainsi, dans le nouveau roman, les personnages deviennent indéfinissables et insaisissables, l'intrigue traditionnelle est anéantie et, par conséquent, la chronologie vole en éclats.

Pour Nathalie Sarraute, la révolution formelle du nouveau roman s'apparente principalement à la recherche des tropismes (les ressentis et les sentiments brefs, intenses, mais indéfinis, à la limite de la conscience, qui parcourent chaque individu et qui peuvent se manifester sous diverses formes : paroles, gestes, monologues intérieurs, etc.), mais *Enfance* présente aussi d'autres traits caractéristiques de ce mouvement :

- Nathalie Sarraute cherche à éviter les pièges du genre autobiographique, comme le dévoile l'incipit de l'ouvrage (« Évoquer tes souvenirs d'enfance... Comme ces mots te gênent, tu ne les aimes pas », p. 1). Elle craint le cliché et elle a peur que ce qu'elle dit « soit fixé une fois pour toutes, du "tout cuit", donné d'avance » (p. 9) ;
- elle choisit une narration fragmentée, non linéaire, qui révèle le refus de raconter. Les faits ne se déroulent pas selon un enchainement logique rigoureux : 70 séquences indépendantes suivent l'émergence de souvenirs isolés, et les blancs typographiques les séparant marquent l'absence de liens logiques. L'important réside en fait dans l'exploration des ressentis de Natacha face à un mot, une situation ;
- elle décrit une temporalité imprécise, ce qui s'accorde avec le choix d'adopter le point de vue de l'enfant. L'auteure s'attache ainsi au temps vécu, subjectif. Par ail-

leurs, peu de dates renseignent le lecteur sur les périodes évoquées. La seule précision n'apparait que vers la fin de l'ouvrage : « Huit ans et demi exactement, c'était en février 1909. Et le 18 juillet, j'ai eu 11 ans... » (p. 249) ;

- elle écrit au présent. L'alternance classique imparfait/passé simple est absente du récit. Le refus du passé simple s'accorde avec le refus d'une mémoire qui serait coupée de la vie. Le temps dominant est le présent de l'indicatif, qui retranscrit les souvenirs « vivants » ;
- le dialogue de la narratrice avec son double est également un procédé qui tranche avec la forme traditionnelle du roman autobiographique. Ce dispositif dialogique particulier permet ainsi à l'auteure d'éviter les pièges de l'autobiographie qu'elle craint tant.

LES TROPISMES

Nathalie Sarraute définit les tropismes comme « des mouvements indéfinissables, qui glissent très rapidement aux limites de notre conscience ; ils sont à l'origine de nos gestes, de nos paroles, des sentiments que nous manifestons, que nous croyons éprouver et qu'il est possible de définir. Ils [...] constitue[nt] la source secrète de notre existence » (préface de *L'Ère du soupçon*, p. 6). Les tropismes sont donc les mouvements de vie souterrains, préconscients, qui parcourent un individu.

La recherche des tropismes dans l'enfance

Dans toutes ses œuvres, Sarraute n'a de cesse de rechercher et d'exprimer ces tropismes qui sont à l'origine de nos actes les plus banals. Et l'enfance apparait justement comme un lieu privilégié pour cette quête : « Faire surgir quelques moments, quelques mouvements qui me semblent encore intacts, assez forts pour se dégager de cette couche protectrice qui les conserve, de ces épaisseurs blanchâtres, molles, ouatées qui se défont, qui disparaissent avec l'enfance... » (p. 277)

D'un point de vue formel, elle privilégie les dialogues et les monologues intérieurs, car ils permettent d'exprimer mieux que n'importe quelle autre forme les mouvements intérieurs qui parcourent les individus.

Enfance se caractérise ainsi par la polyphonie de trois instances narratives : le monologue intérieur de l'enfant s'entremêle au dialogue entre la narratrice et son double. La démultiplication du sujet en plusieurs voix et la confrontation au double intérieur favorisent le travail d'introspection et de remémoration (car, selon Sarraute, l'être ne peut affirmer sa subjectivité et construire son identité que dans le rapport à l'autre) permettant aux tropismes de se faire jour. En ce sens, le dialogue s'affirme comme espace privilégié pour la circulation des tropismes.

L'écriture du tropisme

L'écriture de Nathalie Sarraute s'attache à rendre ces tropismes, ces instants, ces mouvements qui constituent « la source secrète de [son] existence » (préface de *L'Ère du soupçon*, p. 6).

La volonté de rendre les souvenirs selon le vécu de l'enfant, sous le prisme de ses émotions, ses sensations, son regard et son langage, se traduit avec force dans le style adopté par l'auteure, qui privilégie :

- **l'expression de la sensation.** Les descriptions de Sarraute se caractérisent d'abord par leur imprécision : la bonne est une « masse informe » (p. 22) et le visage de Mme Bernard se réduit à une « tache rose » (p. 240). La primauté est donnée à la sensation et à l'impression. Les ressentis liés aux lieux, notamment, sont souvent convoqués : la Russie surgit dans la lumière et la neige, et Paris est marqué par le gris, l'austérité et la luxuriance des jardins du Luxembourg. Les cinq sens imprègnent toute l'œuvre : Natacha livre des souvenirs visuels, de voix (« je l'entends aujourd'hui si distinctement que je peux l'imiter », p. 53), de gouts (« l'impression de quelque chose de répugnant me revient [...] quand je mets dans ma bouche une cuiller de confiture de fraises », p. 46), d'odeurs (« je l'ai flairé comme un petit chien pour [...] retenir son odeur de tabac et d'eau de toilette », p. 105) et de sensations tactiles (« je ne connais pas d'autre peau semblable, plus soyeuse et plus douce que tout ce qui est soyeux et doux au monde », p. 251). Ainsi Nathalie Sarraute s'efforce-t-elle de rendre compte de façon vivante et sensuelle de ses souvenirs, interrogeant sa mémoire profonde ;
- **un style oral et vivant.** La langue utilisée est quant à elle orale et simple (« il n'y a pas à tortiller », p. 7), ce qui va de pair avec la prépondérance du dialogue dans l'œuvre. Pour exemples, le pronom indéfini « ça » est récurrent (« Ah ça oui... je les avais assez entendus », p. 14 ; « Oh pour ça non », p. 32), les procédés de dislocation, comme les présentatifs (« C'est... que », p. 68) et les reprises

pronominales, abondent (« Elles sont ainsi maintenant, ces idées, elles se permettent n'importe quoi », p. 99) tandis que les interjections et exclamations reproduisent l'intonation de la voix (« Oh que je me sens bien », p. 136). L'oralité mime l'affectivité et la spontanéité enfantines ;

- **les mots au rythme de la pensée.** Notons aussi l'omniprésence des points de suspension, qui marquent l'inachèvement et l'absence de liens logiques (« Je ne sais plus comment je l'ai rejoint… quelqu'un a dû me déposer à son hôtel ou bien à un endroit convenu… il est hors de question qu'il soit venu me chercher rue Flatters », p. 57). L'essentiel réside ainsi dans la tension de la phrase, laquelle mime les mouvements de la pensée. Ce procédé est également une façon authentique de raconter l'histoire : le lecteur est immergé dans la pensée du personnage qui hésite, abrège ou passe à une autre idée.

LA GENÈSE D'UNE ÉCRIVAINE

Il est intéressant, à la lecture des souvenirs d'enfance d'une auteure célèbre comme Nathalie Sarraute, de chercher dans son histoire les prémices de sa vocation d'écrivain.

Natacha et la littérature

Natacha grandit au milieu des livres. Chez sa mère et Kolia, il y a « des livres partout, dans toutes les pièces, sur les meubles et même par terre » (p. 81). La fillette développe un gout précoce pour la littérature et l'auteure évoque l'importance des livres qu'elle a lus dans son enfance, qui lui ont laissé une impression très vive : « *David Copperfield* [1849] ou [...] *Sans famille* [1878] » (p. 79), dont elle s'est identifiée aux héros orphelins, *Max et Moritz* (1865), son premier « livre préféré » (p. 47) dont les « vers si drôles qu['elle savait] par cœur » (*ibid.*) l'ont marquée à jamais, *Les Exploits de Rocambole* (1859) dont elle dévore les aventures malgré les « sarcasmes de [s]on père » (p. 265) qui considère cet ouvrage comme de la mauvaise littérature, ou encore *Le Prince et le Pauvre* (1882) qui « est entré dans [s]a vie et n'en est plus sorti » (p. 79). On peut voir dans la lecture de ce dernier ouvrage une volonté d'émancipation de l'autorité paternelle : c'est à la fin du roman que la jeune fille, qui s'affirme, nourrit une passion irrésistible pour ce roman d'aventures.

Une dramaturge en herbe

Nathalie Sarraute est aussi auteure de pièces de théâtre. On trouve dans *Enfance* des indices de son gout à venir pour la dramaturgie :

- la forme dialogique adoptée grâce à l'ajout d'un double dans la narration, qui donne la réplique à l'auteure, donne une dimension théâtrale au roman ;
- l'auteure raconte son talent pour les imitations qui lui permettent de mettre en scène avec dérision les personnages de sa vie : « Il n'y a rien que j'aime tant qu'imiter les gens », affirme-t-elle (p. 140) ;
- elle évoque l'application avec laquelle elle faisait ses récitations à l'école, son souci de mettre « le ton juste » (p. 180), de donner vie au texte. Elle compare la satisfaction qu'elle ressent à maitriser l'exercice à celle que pourrait ressentir une actrice : « Aucune actrice n'a pu en éprouver de plus intense » (*ibid.*) ;
- elle construit un petit théâtre pour apprendre ses leçons.

À l'aide de cocottes en papier, elle reconstitue sa classe, faisant revivre ses camarades et une « maitresse qu['elle] invente » (p. 220). S'adonnant à l'art de la mise en scène et du jeu d'acteur, elle imagine des scènes comiques qui lui permettent d'« apprendre [...] en [s]'amusant les leçons les plus assommantes » (*ibid.*).

Les premiers écrits

Le lecteur assiste à la création des premières productions littéraires de Nathalie Sarraute.

- **Le plaisir des rédactions.** Natacha trouve dans les rédactions qu'elle doit écrire pour l'école des occasions d'exprimer ses talents d'écrivain en herbe. Elle se souvient de certains de ses devoirs d'enfant et revient en particulier sur l'un d'entre eux dans lequel elle avait pour consigne de raconter son « premier chagrin » (p. 207). La fillette s'épanouit dans l'écriture de ce devoir dont elle peut encore citer des passages. Et si elle nie avoir alors avec son père, à qui elle a lu sa rédaction, eu « l'idée de "dons d'écrivain" » (p. 216), elle raconte tout de même avoir ressenti une « impression d'accomplissement » (p. 214) à l'écriture de ce texte, allant jusqu'à faire dire à son double : « Jamais au cours de toute ta vie aucun des textes que tu as écrits ne t'a donné un pareil sentiment de satisfaction, de bienêtre... » (p. 213).
- **Le premier roman, « traumatisme de l'enfance ».** Très jeune, Natacha s'essaie à l'écriture d'un roman. Elle écrit dans un « épais cahier », à « l'encre rouge » (p. 84). Elle tâche de ses « faibles mots hésitants » (p. 88) de créer des personnages et des intrigues tels qu'elle en a rencontrés

dans ses lectures : un « jeune homme qui mourra au printemps, […] [une] princesse enlevée par [un] djiguite, […] [une] vieille sorcière aux mèches grises. » (p. 88) Un jour, sa mère, qui reçoit chez elle l'une de ses connaissances pour qui elle semble avoir beaucoup d'estime, pousse Natacha à lui montrer son roman. La fillette s'exécute avec appréhension. « Le Monsieur » (p. 83), après avoir parcouru le cahier, prend un « air mécontent » (p. 84-85) et lance une sentence qui va mettre fin aux ambitions littéraires de l'enfant : « Avant de se mettre à écrire un roman, il faut connaître l'orthographe. » (p. 85) Cet épisode traumatique est « un des rares moments de [s]on enfance dont il est arrivé [à l'auteure] de parler » (*ibid.*), une fois devenue adulte. C'est l'explication qu'elle a souvent donnée quand on lui demandait « pourquoi [elle avait] tant attendu avant de commencer à "écrire" » (*ibid.*).

Le lecteur, à travers *Enfance*, assiste donc à la naissance d'une auteure. Ce n'est qu'à l'âge de 39 ans que Nathalie Sarraute publiera son premier livre, *Tropismes*. Mais déjà se dessine, à travers le portrait de Natacha, enfant sensible amoureuse des mots, celui d'un écrivain qui marquera la littérature du XXe siècle.

Nathalie Sarraute, figure emblématique du nouveau roman, à la fois théoricienne de la littérature, romancière et dramaturge, renouvèle ici le genre autobiographique. Elle fait revivre ses souvenirs et ses impressions d'enfant, dans un roman à l'énonciation riche et complexe, se démultipliant pour mieux s'exprimer : elle confronte son image à celle de l'enfant qu'elle était, mais aussi à un double d'elle-même, qui l'entraine dans un dialogue introspectif sincère et profond.

PISTES DE RÉFLEXION

QUELQUES QUESTIONS POUR APPROFONDIR SA RÉFLEXION...

- En quoi *Enfance* se rattache-t-il au nouveau roman ?
- Voici la définition que Philippe Lejeune (spécialiste français de l'autobiographie, né en 1938) donne de l'autobiographie : « Nous appelons autobiographie le récit rétrospectif en prose que quelqu'un fait de sa propre existence quand il met l'accent principal sur sa vie individuelle, en particulier sur l'histoire de sa personnalité. » (*Le Pacte autobiographique*, Paris, Le Seuil, 1975, p. 14) Selon vous, d'après cette définition, *Enfance* est-il une autobiographie ?
- Commentez la première phrase du roman : « Alors, tu vas vraiment faire ça ? Évoquer tes souvenirs d'enfance... Comme ces mots te gênent, tu ne les aimes pas. Mais reconnais que ce sont les seuls mots qui conviennent. » (p. 1)
- *Enfance* peut-il être considéré comme un récit de vocation ?
- Peut-on parler de prose poétique dans cette œuvre ? Argumentez.
- Peut-on dire que l'écriture d'*Enfance* se rapproche de l'écriture théâtrale ? Explicitez.
- Décrivez l'évolution du rapport entre Natacha et sa mère.
- Pourquoi Natacha peut-elle être considérée comme une enfant en marge ?
- Comment se manifeste l'empreinte de l'Histoire dans l'œuvre ?

- La thématique du bestiaire (ensemble de l'iconographie, des représentations animalières) est importante chez Sarraute. Est-elle présente dans *Enfance* ?

Votre avis nous intéresse !
Laissez un commentaire sur le site de votre librairie en ligne
et partagez vos coups de cœur sur les réseaux sociaux !

POUR ALLER PLUS LOIN

ÉDITION DE RÉFÉRENCE

- SARRAUTE N., *Enfance*, Paris, Gallimard, coll. « Folio », 2002.

ÉTUDES DE RÉFÉRENCE

- ASSO F., *Nathalie Sarraute. Une écriture de l'effraction*, Paris, PUF, coll. « Écrivains », 1995.
- BOUÉ R., *Nathalie Sarraute, La sensation en quête de parole*, Paris, L'Harmattan, 1997.
- LEJEUNE P., *Le Pacte autobiographique*, Paris, Le Seuil, 1975.
- SARRAUTE N., *L'Ère du soupçon*, Paris, Gallimard, 1956.

SUR LEPETITLITTÉRAIRE.FR

- Fiche de lecture sur *Les Fruits d'or* de Nathalie Sarraute.

Retrouvez notre offre complète sur lePetitLittéraire.fr

- des fiches de lectures
- des commentaires littéraires
- des questionnaires de lecture
- des résumés

ANOUILH
- Antigone

AUSTEN
- Orgueil et Préjugés

BALZAC
- Eugénie Grandet
- Le Père Goriot
- Illusions perdues

BARJAVEL
- La Nuit des temps

BEAUMARCHAIS
- Le Mariage de Figaro

BECKETT
- En attendant Godot

BRETON
- Nadja

CAMUS
- La Peste
- Les Justes
- L'Étranger

CARRÈRE
- Limonov

CÉLINE
- Voyage au bout de la nuit

CERVANTÈS
- Don Quichotte de la Manche

CHATEAUBRIAND
- Mémoires d'outre-tombe

CHODERLOS DE LACLOS
- Les Liaisons dangereuses

CHRÉTIEN DE TROYES
- Yvain ou le Chevalier au lion

CHRISTIE
- Dix Petits Nègres

CLAUDEL
- La Petite Fille de Monsieur Linh
- Le Rapport de Brodeck

COELHO
- L'Alchimiste

CONAN DOYLE
- Le Chien des Baskerville

DAI SIJIE
- Balzac et la Petite Tailleuse chinoise

DE GAULLE
- Mémoires de guerre III. Le Salut. 1944-1946

DE VIGAN
- No et moi

DICKER
- La Vérité sur l'affaire Harry Quebert

DIDEROT
- Supplément au Voyage de Bougainville

DUMAS
- Les Trois
  Mousquetaires

ÉNARD
- Parlez-leur
  de batailles,
  de rois et
  d'éléphants

FERRARI
- Le Sermon sur la
  chute de Rome

FLAUBERT
- Madame Bovary

FRANK
- Journal
  d'Anne Frank

FRED VARGAS
- Pars vite et
  reviens tard

GARY
- La Vie devant soi

GAUDÉ
- La Mort du
  roi Tsongor
- Le Soleil des
  Scorta

GAUTIER
- La Morte
  amoureuse
- Le Capitaine
  Fracasse

GAVALDA
- 35 kilos d'espoir

GIDE
- Les
  Faux-Monnayeurs

GIONO
- Le Grand
  Troupeau
- Le Hussard
  sur le toit

GIRAUDOUX
- La guerre de
  Troie
  n'aura pas lieu

GOLDING
- Sa Majesté des
  Mouches

GRIMBERT
- Un secret

HEMINGWAY
- Le Vieil Homme
  et la Mer

HESSEL
- Indignez-vous !

HOMÈRE
- L'Odyssée

HUGO
- Le Dernier Jour
  d'un condamné
- Les Misérables
- Notre-Dame
  de Paris

HUXLEY
- Le Meilleur
  des mondes

IONESCO
- Rhinocéros
- La Cantatrice
  chauve

JARY
- Ubu roi

JENNI
- L'Art français
  de la guerre

JOFFO
- Un sac de billes

KAFKA
- La Métamorphose

KEROUAC
- Sur la route

KESSEL
- Le Lion

LARSSON
- Millenium 1. Les
  hommes qui
  n'aimaient pas
  les femmes

LE CLÉZIO
- Mondo

LEVI
- Si c'est un
  homme

LEVY
- Et si c'était vrai…

MAALOUF
- Léon l'Africain

MALRAUX
- La Condition
  humaine

MARIVAUX
- La Double
  Inconstance
- Le Jeu de l'amour
  et du hasard

MARTINEZ
- Du domaine
  des murmures

MAUPASSANT
- Boule de suif
- Le Horla
- Une vie

MAURIAC
- Le Nœud
  de vipères

MAURIAC
- Le Sagouin

MÉRIMÉE
- Tamango
- Colomba

MERLE
- La mort est
  mon métier

MOLIÈRE
- Le Misanthrope
- L'Avare
- Le Bourgeois
  gentilhomme

MONTAIGNE
- Essais

MORPURGO
- Le Roi Arthur

MUSSET
- Lorenzaccio

MUSSO
- Que serais-je
  sans toi ?

NOTHOMB
- Stupeur et
  Tremblements

ORWELL
- La Ferme
  des animaux
- 1984

PAGNOL
- La Gloire de
  mon père

PANCOL
- Les Yeux jaunes
  des crocodiles

PASCAL
- Pensées

PENNAC
- Au bonheur
  des ogres

POE
- La Chute de la
  maison Usher

PROUST
- Du côté de
  chez Swann

QUENEAU
- Zazie dans
  le métro

QUIGNARD
- Tous les matins
  du monde

RABELAIS
- Gargantua

RACINE
- Andromaque
- Britannicus
- Phèdre

ROUSSEAU
- Confessions

ROSTAND
- Cyrano de
  Bergerac

ROWLING
- Harry Potter à
  l'école des sor-
  ciers

SAINT-EXUPÉRY
- Le Petit Prince
- Vol de nuit

SARTRE
- Huis clos
- La Nausée
- Les Mouches

SCHLINK
- Le Liseur

SCHMITT
• La Part de l'autre
• Oscar et la
  Dame rose

SEPULVEDA
• Le Vieux qui
  lisait des romans
  d'amour

SHAKESPEARE
• Roméo et Juliette

SIMENON
• Le Chien jaune

STEEMAN
• L'Assassin
  habite au 21

STEINBECK
• Des souris et
  des hommes

STENDHAL
• Le Rouge et
  le Noir

STEVENSON
• L'Île au trésor

SÜSKIND
• Le Parfum

TOLSTOÏ
• Anna Karénine

TOURNIER
• Vendredi ou
  la Vie sauvage

TOUSSAINT
• Fuir

UHLMAN
• L'Ami retrouvé

VERNE
• Le Tour
  du monde
  en 80 jours
• Vingt mille
  lieues sous
  les mers
• Voyage au
  centre de
  la terre

VIAN
• L'Écume des jours

VOLTAIRE
• Candide

WELLS
• La Guerre des
  mondes

YOURCENAR
• Mémoires
  d'Hadrien

ZOLA
• Au bonheur
  des dames
• L'Assommoir
• Germinal

ZWEIG
• Le Joueur
  d'échecs

www.lepetitlitteraire.fr

ISBN version numérique : 978-2-8062-1934-3
ISBN version papier : 978-2-8062-1080-7
Dépôt légal : D/2017/12603/541

Avec la collaboration de Margot Pépin pour les parties
« Une autobiographie à deux voix », « La vie à Paris, chez sa
mère et Kolia » et « Fin de l'enfance » du résumé, l'étude
des personnages de « La mère » et « Véra », ainsi que pour
les clés de lecture « Le roman autobiographique », « La
situation d'énonciation » et « La genèse d'une écrivaine ».

Conception numérique : Primento,
le partenaire numérique des éditeurs.

Ce titre a été réalisé avec le soutien de la Fédération
Wallonie-Bruxelles, Service général des Lettres et du Livre.

Made in the USA
Monee, IL
07 July 2026